面具

——陳秀珍詩集

自序

　　《面具》裡的詩絕大部分寫於2014年。

　　1998下半年的詩作，輯成我第一本詩集《林中弦音》（秀威2010年出版）。此後十數年間被瑣事所困，幾乎過著不讀詩、不寫詩的日子。但，總有一個聲音不時在耳邊提醒：「要寫詩啊！要寫詩啊！」

　　這聲音，鍥而不捨！

　　這聲音，不來自繆斯，不來自冬風，而來自魁賢老師。

　　這聲音，像是催眠；又像是春風把我從冬眠中喚醒。到了2014年，我重新拿筆寫詩。

　　在書寫過程中，我找到平衡感，平衡了生活的困頓、心靈的苦悶。詩帶領我走出現實的深淵，看見天寬地闊的詩風景。

　　1998年，我選修了台灣師範大學通識教育中心「現代詩創作」課程，因而和現代詩結緣，魁賢老師成為我的啟蒙者，此前我只寫過一些古典詩。他給予學生取之不絕的養分，更重要的是，知道詩原來也可以不必晦澀到不知所云，而是可以跟現實生活密密實實接軌。

　　魁賢老師長期以來對我「氣」而不捨，讓我重新呼吸詩的芬多精。老師曾激勵我：「妳也一定要長成／一棵小神木」、「然後／再長成一棵大神木」。我覺得，即使只長成

一株疾風中的勁草也很過癮；長成一株芳草，教人記得綠羅裙，更是美妙。

同時也要感謝淇竹。其實，我和淇竹沒見過，也沒有交談過，我在《笠》詩刊專欄「詩子會」讀過她的詩和評論。緣於都修過魁賢老師的課，她就慨然為我寫導讀。淇竹用文字做了很好的導覽，在《面具》展出的詩風景裡，她的確指點了重要的地標。

我期許自己繼續寫出更多樣的詩。

目　次

【導讀】故事，即將開始……／楊淇竹

　　經常讀詩，「多少年了／未曾有一句好詩」。

　　也許來自陳秀珍〈好詩〉一句平淡詩語，我開始閱讀她的詩，感受《面具》氛圍、風格與書寫。

　　但故事始終如常。未有心理準備，就急著揭幕，我似戲偶，在「編劇」手裡，跌入詩意心靈。

　　〈編劇〉，一名寫作劇本勞力者，也是推動故事進展者，詩裏，主觀「我」便是編劇。電視劇好人與壞人形塑，全仰賴「我」之手，觀眾反應也被納入編劇心情起伏，前四段編劇與觀眾對位立場鮮明；終至結局，淚水串連眾人（觀眾、我），並與蠟炬催淚作象徵，不過，最後竟意外點出——神。

> 　　這一切都是由於神。
> 　　淚，悄悄流淌自神的心……

　　神，猶如一切俯視者，將原本主觀濃厚的編劇擺放一邊，同時和編劇對位接受者觀眾，亦削弱其地位，終而，神變成主宰整齣戲碼關鍵。閱讀陳秀珍，發現詩篇不會刻意強調神，神在此出現，聯想至繆斯女神（Muses）。古希臘羅馬，凡是詩人，必尊崇繆斯，因為祂代表靈感泉源；抑或主宰

萬物神性，上帝造化出戲，故事內外，為了觸動一顆感動和脆弱的心，源自上帝、蠟炬、編劇、觀眾、以及戲裡人物，層層包裹。

有了編劇，想起了故事。但〈故事〉不承接〈編劇〉。這首詩描寫成長童年歷程，時間為開展軸心，並呈現部分跳躍，沒有刻意把對象「你」每一時期巨細靡遺，只概括繪畫、指揮、戲劇、寫詩等多項興趣，用來構築童年點滴。此為故事開端，卻走向另一結束：

> 無數個
> 用望遠鏡也望不到
> 童年的你
> 像貓頭鷹鑽石的眼睛
> 閃爍
> 童話的夜空
>
> 你
> 童年的遺物
> 占據
> 現在的時間空間

望遠鏡視覺空間特性，原是用來縮短遙遠物件與眼距離，詩卻承接遙遠時間之想像，遙遙童年和現在，然而童年是什

麼？距離又拉開現在時間軌跡，轉成夜空中貓頭鷹眼睛，回到空間意象，聚焦自夜行動物敏銳視覺，此能與望遠鏡互為符指。鑽石，形容眼睛，亦代表童年繽紛。最終，再把空間形容詞，回歸至時間──「童年的遺物」，表示現存具體物件。「遺物」，隱含淡淡憂傷，觸動自逝去時光；童年同時具備情感、回憶、以及無法喚回的兒時。

　　故事，這般開始了，隱藏於《面具》後，章章詩篇……

　　抒情〈夢〉，歸於無法捕捉的意識，來去自如地出現睡眠裏，毫無痕跡，此首告別憂傷，充滿濃烈情感之愛。開始，即捕捉夢與人關係，運用具體、抽象描述無法明確指稱的潛意識境地：

　　　　所有白日撒的種
　　　　都在夜裡開花結實

　　　　所有白天打的死結
　　　　都在夜間羽化成蝶

　　夢，在白天和夜晚因果中，展現其魔術。魔術始自執意圍陷「死結」，無法承受情緒紛擾，到了夜眠，也會破繭而出，如同羽化後蝴蝶，斑斕美麗。夢，美好動人，然後接續到你做夢情景：

粉嫩嫩
你小小的臉蛋盪開
一朵一朵
或深或淺的笑

那是睡夢中
天使
祝福的吻痕

　　視角往外推移，此時脫離夢境種種，以客觀取代夢裡事物，聚焦在睡臉模樣，夢境究竟為何，不是重點，「一朵一朵」的「笑」才是具體形容美夢之代稱，如此「笑」，又充滿天使帶來的幸福。這首詩，溫馨感動，傳遞真摯情感，藉夢為題，將愛化為無數吻痕。

　　自然意象摹寫，時常出現詩集，不論是身邊經常出現的阿勃勒、木棉花、玉蘭花，或集體概念的森林、密林，以及氣候不同面貌，如〈晚霞〉、〈西北雨〉、〈秋〉，均向萬物探求生命本質，運用不同形式接軌於生命與萬物，風格鮮明。〈森林〉尤為明顯，詩從秋天開展，蕭瑟涼意讓樹葉枯黃，整座森林擁有時間荏苒，枯葉成為記憶根源，過往時光回憶錄，一頁頁：

生命之樹的秋天
記憶就像葉片

逐片泛黃
剝落

穿越森林
遍地彩葉
像一冊冊回憶錄
散開的紙頁

　　外在描述之後，轉向內心，透過撿拾，一片落葉和記憶相連了，然而記憶深處複雜，雷同外界繁多林木，停留手心枯葉，竟不知源自何處。如此自問式疑惑，則將揭開主題：

森林一望無際
我無從分辨這一葉
究竟屬於哪一棵哪一枝

總有不願掉落的葉片在風中
像蜘蛛網上的獵物顫動
終極的生命印記
正在抵抗剛強的消亡

從望斷來時路
到有時忘掉來時路

終至忘斷來時路

　　引文第三段，在循環反覆中，訴說記憶的堅持，呈現某種拉鋸戰，延伸出矛盾難解命題：到底記得或不記得，如此探問，始終成為生命不斷循環之問號。再過渡至前一段，樹葉與記憶呈現相同形態，正面臨時間削弱和自我抵抗。最終，空間無限放大到整片森林，甚至宇宙：

　　一轉身
　霧吞沒了整片森林
　　　　整座記憶

　宇宙
　重返創世紀

　　記憶為何？森林裏，落葉曾是記憶組成斷片，組成回憶錄，組成時間的挑戰，當一瞬間轉身，萬變幽深林木，馬上被濃霧佔領，記憶消逝為空白，歸於零，歸於創世紀。結尾轉折，乃詩巧妙處，讀者萬萬無從料想，記憶最終竟成「無」，先前鋪陳瑣碎痕跡，如同曇花，無從掌握。
　　尚有詩作充滿特殊意境，主題多自生活具象物體，藉由具體表達抽象，如〈踏墊〉、〈教室的木椅〉、〈床與人〉、〈晚報〉等，每每閱讀，詩意峰迴路轉，終至結尾，均有驚

奇。在〈晚報〉，著重於政治人物新聞、醜聞，從未被載見報的僥倖政客，觀看早報行為，悻悻然嘴臉不自覺由讀者心裡浮現，但壞事終究會揭露，晚報喚喻「晚爆」，極具諷刺張力。

> 夜
> 是一條
> 幽長的產道
>
> ——〈寫作〉

　　故事未完。詩，重複被閱讀。

　　一篇篇，源自生活抒情，來自情感觸動。詩集，考驗脆弱心靈，考驗過往回憶，考驗你我曾經逝去之尋常。夜，無盡幽長，讀者將與作者，相互對望。

語言

四歲半的孩子
總是把媽媽的話
一字一句如實反射回去

一字一句如實反射回去
像一針一針
刺向媽媽的心臟

我的鏡子日益明晰
如果不想再以
鹹中帶苦的淚澆灌幼苗
我勢必認真地凝視這面鏡子

往往
孩子收到的是多刺的語言
而我的本意卻是芬芳的玫瑰

2003.12.18

淚與汗

有時
你企圖以淚水取代汗水
但是
流淚真的比流汗輕鬆嗎

今天
你的淚溢自眼的湖泊
明日
你的淚或許就要源自心的深井

你儘可淚如泉湧
卻澆溉不出生命的奇葩

2003.12.18

閱讀

你細細審閱一枚葉子
那上面有著創世紀吧！

每一條葉脈邁向年輪的奧秘
訴說著歲月的繁華

一片葉子可能
導覽一座森林
一座森林可能藏著
開啟世界的密碼

捧讀聖經般
你深深審視
一枚葉子

2003.12.18

滿兒圓組曲

1.草原物語

粉紅的花
是草原豎起的耳朵
隨時在等待接受
絕對音感的訓練

低垂的眼瞼下
天使小小的手
揚起
鐘聲清脆的Do　Re　Mi……

童言童語是和諧的
頑固伴奏

2.日出印象

日出
粉橘色光瀑
罩下
和眾天使圍坐成一幅
印象派

光陰始終在這裡
徘徊不已
天使小小的嘴傳遞
一則則童年的奧秘

3.有鳥飛過

溫柔的燈
佈下
絲綢般的光線

垂釣
三三兩兩的呵欠

重返母體子宮般
小小天使在這裡
孵著
欲罷不能的夢

夢裡有鳥
飛過

4.未完待續

鞦韆
把天使的笑聲
越盪越高
　　　越盪越高

終於
笑聲乘著夢想的翅膀
輕輕著陸

滿兒圓裡
大大小小的天使們
日以繼夜編織著
未完待續的詩篇

2005.01.26

魔術
——記滿兒圓第一堂體能課

二十五雙眼睛
像探照燈
聚焦

彈指間
憑空蹦出一顆小紅球
驚歎聲才爆出
又驚見一隻白鴿
從跳舞的手中
誕生

榕榕也在
咀嚼著一種
把糖果變不見的魔術
Rilke是死忠的觀眾

大魔術師
把孩子的哭臉變笑臉

小魔術師
把Rilke的口水誘了出來

還有一個超級魔術師
把我們的身影悄悄折疊
成一塊塊小小的
春天正午的
拼圖

2005.03.09

山　之一

遠遠地看山
你以為
山是恆常不動的嗎

風吹草偃
靜坐到渾然忘我的山
氣動了

遠遠地聽山
你以為
山是始終無言的嗎

山有時冷不防地吐出一串
鳥聲朦朧的詩句：
「山鳴鳥更幽，
………………

遠遠地想山
你以為
山是孤絕的避世主義者嗎

山不曾走向你
但亦不曾峻拒你
山的肌理髮膚彷彿深藏
千古的滄桑

你還堅持波動的海
遠比入定的山難測嗎

當山朝海微笑
山就更加
神秘不已了

入山
你會像個敬謹的朝聖者嗎

2005.04.30

山　之二

一日
一日
又
一日

山恭謹地捧出
一粒
一粒
又
一粒
火紅新生的
太陽

　你卻
一次
一次
又
一次

暮氣沈沈地說
啊
山不過是老太陽的
大墳場

2005.04.30

飛盤

草地上的孩子
奮力擲出
飛盤
像要投給天上的白雲

另一頭的孩子
派出
常遭水泥叢林囚禁的
笑聲
接住橘色的飛盤

媽媽用汪洋般的眼睛
牢牢接住
孩子們嘩啦啦的笑聲

終究
有那麼幾瞬的金色童年

被漏接

而捽成面目難辨的黑白

2005.04.30

潛水事件

我沒入水中
有人喊救命
有人丟下救生圈
有人奮不顧身噗通跳下水
最後他們才發現
我只是在挑戰自己
潛水技能的極限

當我再度落水
有人歡呼加油
有人手持鮮花等候我
啦啦隊裡無人知曉
我已漸漸喪失潛水的能力

2005.06

你的畢業典禮
——為幼稚園在教堂舉行的畢業典禮而寫

噹噹噹噹……
鐘聲響起

你因鐘聲而喜悅
我因鐘聲而流淚
我習慣用淚水紀念
你每一步的成長

流吧，淚
讓淚水蜿蜒成為一條發光的河流
繼續滋潤你這棵小樹苗
映照你向光的圖像

噹噹噹噹……
教堂鐘聲再度響起

你的三年和我的三年不等長
我容許你哭你鬧你傾吐

既欣慰你的成長
又捨不得你長大

你習慣向前走
我習慣往後看
你即將在擁抱中接受一紙
字字祝福的畢業證書
記得攜帶你人生的尋寶圖
繼續往前走

噹噹噹噹……
啊，鐘聲聲聲催起
我已淚流滿面
牽起你小小的手
我再度用淚水
紀念你的成長

2006.05

交換方向
——To Mei

穿越幽暗雨季
光
裸獻出小小一座
南國島嶼
楓的柔指
怯怯
探觸九月的體溫

潮漲潮伏
沙灘賜妳以
玲玲瓏瓏的一粒卵石
貼心
收藏起女子一分鐘
兩百跳的
心聲

藝術家的耳朵
想必夜夜深刻感應

此時
它正無性繁殖著
女子
止不住的夢

飛吧　十月
合該背起整片晶亮的天空
去探險

秋天的果實
純粹　飽滿
夢是唯一的方向
指引妳走入
難以言喻的秘境

2005.10.10

媽媽咪呀

媽媽的眼睛像繩子
把我緊緊綁住
像在遛狗

媽媽的眼睛像韁繩
把我牢牢套住
像在駕馬車

媽呀
妳為什麼不鬆開我
我也想自由自在往前
奔馳

媽媽的嘴是地獄的
開口
大罵別人小孩：
「你如果⋯⋯，我就揍你！」

媽呀
你噴出的毒液
豈能不落回自己身上

媽媽的眼睛
有時開有時關
她看得到別人細菌般
小小的缺點
卻看不到自己
泰山般的過錯

他把別人看成細菌
把自己想像得尊貴如山

2006.02.11

筆

我會找我的筆
對話

有時候
我敲不開他的門
他說
我睏得很
你明天再來吧

有時候
他自動找上門來
他說：快快快
我有一肚子話

我和我的筆聊啊聊的
有時候
我意外發現他不為人知的一面

有時候
他引領我到神妙的幻境

我的筆
有時候
是我的應聲蟲
有時候
竟跟我唱反調

我的筆
有時啞
有時嘮叨
是一枝
神經兮兮的筆

如果
我時時刻刻全心全意擁抱他

我和我的筆能不能夠從此

靈肉一體

2006.04.17

童年

草原上
孩子拉著風箏
像挽著寵物在天空散步
更多時候像是
被寵物拖著跑

花叢間
孩子努力吹著
如夢幻
泡影的絢爛

風是一隻望不見的手
使得風箏
使得泡泡
始終不能自己決定
自由的方向

2006.06.05

阿勃勒 之一

傳說
蝴蝶是花的靈魂

當靈魂紛紛
爭相回返色身
不就是披掛一身
黃澄澄的阿勃勒嗎

始於初夏
這一場盛大的招魂祭
繼而引發一場
美麗的黃禍
所有的姿色都相顧失色

釘了根的黃蝶
不再鎮日追逐花香
因為自身既是蝴蝶又是花

2006.06.29

阿勃勒　之二

矜持半年
樹終於在初夏亮出身分證
阿勃勒
在枝葉間懸掛一串串嬌黃欲滴的花

這奇葩
差一點就形成驚歎號！

隨時有黃色蝴蝶來
花間穿繞
阿勃勒只消抽出
一根花莖
就電暈上百上千隻主動獻身的蝴蝶

斜風細雨的阿勃勒
更顯風情萬種

風雨原來不是為了加添花的嬌媚
而是為了拯救痴心的蝴蝶
眼看著自花莖飄下的蝴蝶
我一邊歡喜　一邊惋惜

站久了
我會不會也是
一串阿勃勒

2014.07.21

夢

所有白日撒的種
都在夜裡開花結實

所有白天打的死結
都在夜間羽化成蝶

粉嫩嫩
你小小的臉蛋盪開
一朵一朵
或深或淺的笑

那是睡夢中
天使
祝福的吻痕

2006

藤蔓

揮別
匍匐在地
被踩踏的陰影

順著生命線
我纏綿著草
勾搭上了樹
葉綠素在體內歡呼

輕輕扭擺細腰
綻放鮮花
展現我
十足靈巧的身段

眼前等待我的是
牆外那棵參天樹
樹上那枚至高至尊

無與倫比的
紅日

貌似一條青蛇
在霧中　　我搖曳成
飛龍在天

2011

呼喚

夢想呼喚陽光綻放
陽光呼喚繁花吐芳
繁花呼喚月光璀燦
月光呼喚眼神嚮往
眼神呼喚春天奔放
春天呼喚海洋蔚藍
海洋呼喚夢想交響

2011.05

教室的木椅

擺脫年輪繼續紋身
成為送往迎來的椅子

安安靜靜
坐著坐著坐著

坐過你呆頭鵝的童年
坐過你把椅子坐成天馬的幻想
坐過那一年你們一起追求的女孩
坐過你坐立難安不知出路的青年

越坐越黃昏的椅子
究竟還記得住多少
曾經的名字

吱吱喳喳的麻雀一哄而散
留下一整間的寂寞
給人去樓空的夜間教室

椅子像一個一個無期徒刑的囚徒
其上端坐
永恆的時間

2011.05

眼鏡　之一

讓
見樹不見林的眼睛
　　　　　　有了遠景

讓
張開就起霧的眼睛
不再有
盲目的劇情

讓
弱視的眼睛
不再是弱勢的族群

讓
洞窟的眼睛
重新秘藏經典

為靈魂之窗加窗
不管有色無色
我都罩你

2012.12.01

眼鏡　之二

獻上一副
反覆量度的祭品

神龕的眼眶
重新迎回眼睛的神

我看到你
的眼睛
有時盛開水仙
有時開滿桃紅

2014.12.31

塗鴉牆

素淨的臉
不知何時
被想變臉的人
變成了一張大花臉
哇啦哇啦說起各色方言

被逼到牆角的人
以火的語言紋身
塗鴉牆
是不平大地擎起的一面照妖鏡

也像苦難人間吐出
申冤的舌頭
既不談情說愛
不歌功頌德
也不吟唱溫柔的詩歌

塗鴉牆
是吶喊公平正義的地標
你無法像摘除一枝小草
隨意摘除一根不屈的舌頭

只要公義持續被閹割
塗鴉牆是一座銅牆鐵壁
矗立在所有受難者心中

被批評的人只要張開耳朵
打開心房傾聽
牆
不再是牆
而是橋梁

2012.12.02

踏墊

濕的
黏的
爛的
每個人都往我身上
踩

懼怕的
厭惡的
痛恨的
每個人都往我身上
甩

蹧蹋我
又嫌棄我

臭！

2012.12.06

栩杖

失勢時
　別怕
　　我
　　來
　　挺
　　你
　　！

2012.12.08

話語 之一

我是一盞將殘的燈火
面臨窒息
亟需你一句
有氧話語

而你
究竟會給予我
氧氣
或是二氧化碳

我是迷失在濃霧瀰漫深林中
進退失據而心慌的
一尊雕像
我亟需你一句
光的話語

而你
你願成為我
的啟明星嗎？

我總是
在你的話語裡生生滅滅
在你的話語裡歷經六道輪迴

籠罩
在無明的永夜
我心深深
深深渴慕　你的話語

2012.12.08

話語　之二

你是我的建築師
你語言的磚瓦
怎麼堆疊我就怎麼
高矮或傾斜

你是我的氣象師
你語言的風向就是
我的去向

你是我的造型師
你語言的刀鋒
怎麼雕鑿我就怎麼
歡笑或哀愁

你是我的命理師
你鐵口怎麼直斷
我的命我的運就怎麼
——去印證

你是我父我母我的先知

除非
除非我遇見一個
說法相反的神
賜給我一副全新的靈魂
否則
我的命我的運勢必
難以翻盤

2014.10.10

年終街景

終年死守鬧區一角
賣口香糖
坐著輪椅的老人
總把來來往往急著逃開的行人
一再刺瞎

終年被視而不見
當做城市肌理的一粒
癌細胞的老人
今天總算有意外生意
就像一場煙火秀
一時璀璨

年終了
這一日的生意活絡
就當是勞苦終年
路人賞賜的一丁點
年終獎金吧

今夜
一如往年被定時催眠
讓我們彼此倒數　彼此引爆
「三！二！一！」

　　新－年－快－樂－

　　　　　　　2012.12.31

地震

地球的嘴角不過
抽搐了幾下
竟然就淪為
顏面神經麻痺

地球人
就算千方萬計
也難把地球
復健

貪婪的挖土機
慾望的土石流
毫不留情把地球
開腸剖肚　吸血啃骨

忍耐至極的地球
能不隨時對你
變臉？

2013.01.14

森林

生命之樹的秋天
記憶就像葉片
逐片泛黃
剝落

穿越森林
遍地彩葉
像一冊冊回憶錄
散開的紙頁

偶然
我拾起一葉
記憶的殘骸

森林一望無際
我無從分辨這一葉
究竟屬於哪一棵哪一枝

總有不願掉落的葉片在風中
像蜘蛛網上的獵物顫動
終極的生命印記
正在抵抗剛強的消亡

從望斷來時路
到有時忘掉來時路
終至忘斷來時路

一轉身
霧吞沒了整片森林
　　　　整座記憶

宇宙
重返創世紀

2013.01.24

驚蟄

隱忍
隱忍多時的天空
終於在一陣
劇烈的痙攣中
咳出
雲狀的痰

小草一齊張大口
無限暢飲
賸餘的都獻給
痰盂的池塘

剝繭而出的蠶
知道
天空咳嗽不是為了
表示自己存在的權威

2014.01

過客

軌道
伸展至極的手臂
伸展至成為身體全部的手臂

你是一列不羈的火車
從我撐到痠極了的手臂
輾過　成為我一生
　　　痛的風景

你固然無法逃離我
雙手的掌握
但你始終不放棄駛離
我的世界

我的情顯然
無法和你的意　接軌

失去幾兩靈魂的
軀體
反而沈重

或許
擁抱虛空
強過擁抱你

2014.04.20

竹林

寒夜
發出「乖乖」
怪怪的剔牙歌

北風的牙籤

2014.05

床與人

床
也想擁抱
體香四溢的人
苦無選擇的自由

人
終必投身向那永永遠遠守望在房間一角
方方正正的床
內心深處卻總忍不住一遍又一遍幻想
身陷
一張有曲線的床

2014.07.10

板根

究竟佇立多久了
樹的足跟腫出一坨
曲張靜脈

傳說是
家族世代的遺傳

樹非但不抱怨
尚且以此血脈
為傲

瘤言瘤語
也絲毫不動搖
堅定的腳跟

一身鐵骨
從腳跟撐起
向宇宙開花的願望

2014.07.10

椅子

椅子佈局會場
形成世間棋盤

人生的精算師
端坐其上
自以為是

下棋的人

其實
他才是
被玩弄的
一枚棋子

2014.07.10

寫作

現今
人們慣用電腦鍵盤進行
敲打樂

少數人仍舊堅持傳統
手工業
面對井字田的稿紙
筆耕不輟
要把長夜熬成一頁頁
獨一無二的手稿

一頁頁滿滿的空白格
是嗷嗷待哺的雛口
你拿什麼餵養它

稿紙
陳列一張張　橫豎都欲語還休
喑啞的口

若非精通讀心術
你如何破解
其中奧義

夜
是一條
幽長的產道

2014.07.10

相反國

人家渴望被照亮
你挺立黑暗的核心
等待被點燃
燒成骨灰的熱情

人家放水
你放火
照亮歷史

你折磨愛你的人
親吻你仇敵

你在石縫撒播愛的種子
在災難之地栽信心之苗

人家把思想　掛在雙唇間
你把思想　藏在腳下

最後
我找到倒影中的你
和我說著同一國的話語

　　　　　　　　2014.07.12

晚報

一大清早
大人物習慣
攤開報紙檢視

好家在
只有其他大人物的惡行
見報

那就繼續貪污、炒股、包庇……無所不至吧

一到下午
忽見晚報頭版頭條
特寫了大人物
………………

哎呀
爆啦
是顆超級原子彈呢

果真如俗話所說

不是不報

是⋯⋯⋯⋯⋯

「晚報」啦！

2014.07.15

好詩

詩人聲稱
信手拈來可以
一日成詩若干首

多少年了
未曾有一句好詩
閃過我腦際
掠過我心湖

為此　我心虛　我自慚
我猛盜冷汗
從頭到尾　覺得
自己是一棵水草

我這一棵水草
搖頭晃腦
閱讀天光雲影
與光陰共徘徊

左右逢源的游魚
隨口
賞給我泡泡詩

詩成為我的主詞
每日的主食

有些人　一生寫了好多詩
有些人　用一生寫了
　　　一首好詩

2014.07.20

螢火蟲

從天上
夢遊到人間
螢火蟲是迷了路的星星

流螢
給陰暗人生點燃滿山遍野
亮點

以山澗　水源為據點
流螢像
不忍散去的煙火點點

黑暗中
小小流螢備好光
用光的意念　承載黑的重
用金色的光　打破黑夜的流言

流螢習慣在夏夜
山水之間
釋放　安靜的火
　　　　沈默的光

2014.07.20

寂寞 之一

一個人
寂寞

邀請一群寂寞的人來
合力趕走寂寞

寂寞不甘寂寞
偷偷摸摸
滲入喧嘩的歌聲笑語
滲入心底深淵

最後
寂寞趕走了
要趕走寂寞的人

又剩下一個人
寂
寞

2014.07.23

寂寞　之二

點一根菸　焚燒寂寞
寂寞　鑽入肺葉　唱歌

灌一壺酒　醉死寂寞
寂寞　誓言與你共生死

除了你
寂寞
一無所有

2014.12.13

收播

小時候
愛聽收音機
歌聲像自來水
嘩啦啦流出
哀怨的望春風
俏皮的十八姑娘一朵花……

當然　未到十八　姑娘早就入學
學校禁說台語
我的台語在校園窒息

從此
我以為台語有毒
　　　　台語歌低俗
多少家庭從此
一家兩國

長大後
在異鄉遇到一位
用台語說夢話
　　　和悄悄話的人
我過敏的耳朵卻常對他關閉

從他流利的母語裡
我時斷時續接收到
一種隱隱約約的鄉愁
像一台收訊不良的收音機

在他用生命唱出的歌聲中
逐漸浮現我黃昏的故鄉
在他婉轉的淡水暮色中
我看見了我思慕的人快樂出帆
我在台語的言談歌聲裡
感受到久違的舊情綿綿

學校已不再禁說台語
兒子從幼稚園起
已浸漬在全華語的情境

如今
面對上學後便不再說台語的兒子
我日日夜夜對他放送我
異化的台語
我是寂寞的播音員

2014.07.25

強盜與小孩

強盜扮鬼出來⋯⋯

小孩：為了怕鬼，我不相信世上有鬼！
強盜：你好鐵齒！
阿公：我連強盜都不怕了，我怕什麼鬼！
　　　我自己就是酒鬼！

小孩：像關公的阿公
　　　嚇退無齒的⋯⋯
　　　不是鬼的鬼

2014.07.26

晚霞

白天即將嫁給夜晚
　　豈能不
　　　彩粧

2014.07.27

人與神　之一

戰爭的雙方
信仰相同的神

左方堅信　真理站在己方
右方堅信　公義站在己方

雙方同時面向相同的神
祈求同一戰場的勝利

神分裂成兩半
左右為難

2014.07.28

人與神　之二

戰爭的雙方
信仰不同的神

雙方各自面向自己的神祈求
同一戰場的勝利

左方堅信己方必勝
右方堅信對方必敗

人與人的戰爭演變成
無辜的
神與神的戰爭

人用砲彈決定
誰的神才是真神

2014.07.28

歷史癖

三人共賞影帶
各自看到上帝、魔鬼、天使

三人為此爭得面紅耳赤
同時心下狐疑——
莫非是三位一體
為此　他們

倒…………帶

看到的是：
永恆的上帝、不朽的魔鬼、白衣天使
沒看到的是：
台下旗幟鮮明　尖叫不斷
三大咖各自的瘋狂粉絲

然後
他們又再

論辯　又再
倒帶　又再
…………

被三位歷史學家
始終晾在一旁的是
先知

2014.08.01

路平專案

每一條路　挖
每一條街　挖
每一條巷　挖
日挖　夜挖
日以繼夜　挖挖挖

從有道　挖到無道
從有路　挖到沒路

拿馬路反覆開刀
雨中的馬路
頻頻向路人濺淚泣訴

居民路見不平
　　　無刀可相助
只能怨聲載道
　　　　　繞遠路

即使拉高分貝抗議

沒路用

活該你是躺平

任人修理的馬路

2014.08.04

福壽螺

是誰為你取了這麼
福壽雙全
大吉大利的好名字

連外表都是紅通通討喜的色彩
其實
從裡到外透示血腥的本色

頂著別人的天
立在別人的地
沒有明天地
　　啃啃啃
啃掉原住民的糧食
啃掉良心　啃掉名譽
寧可自肥而死
也不願口下留糧

你在占領地
迅速繁殖成
　　一個家
　　一個族
　　一個國
　　一個朝代
貪慾的歷史

像遍地開花的紅罌粟
　　你在別人的祖厝
　　插上自己的旗幟
你是個不折不扣的殖民者

你的一小步
是
把人逼瘋的一大步

2014.08.04

有機生活

你過你的有機生活
睜開眼第一件事
就是滑手機
滑來滑去
把自己滑到非現實的世界

我過我的無機生活
睜開眼第一件事
就是看到你在滑手機
滑去滑來
把我滑出了你的有機世界

在你有機世界的農場裡
有叫醒心智的公雞嗎？

你過你的有機生活
我過我的無機生活

你睜開眼第一件事
就是滑手機
我睜開眼第一件事
就是看到你在滑手機

滑來滑去
把自己滑到非現實的世界
滑去滑來
把我滑出了你的有機世界

在你有機世界的農場裡
有叫醒公雞的心智嗎？

2014.08.05

鞭炮

婚禮現場
鞭炮高分貝抗議
不論美醜肥瘦
人人都有配偶
為什麼獨獨我
一生只配當別人啦啦隊

2014.08.08

煙火

煙火在高空慘叫
憑什麼
燃燒我一生
照亮你一時　幸福

2014.08.08

動物園

為什麼
把我藍色的眼睛
框在你金色的童年

用跑的用跳的用飛的
都逃不回
祖先的天空

你有動物園的童年
我沒有動物的童年

2014.08.08

含羞花 之一

粉粉的紅
是淺淺的害羞嗎

示愛的手
輕觸
妳抱胸緊縮
深深害羞

示愛的手
反而因此升高
撫觸慾望

含羞帶怯的花呀
難道妳是
愛情的絕緣體
或者
妳的害羞其實是
欲迎還拒的矜持

2014.08.10

含羞花 之二

長出細細的刺
不是針對你
有敵意

實在是由於
天生的
觸覺過敏

只要約束好你
過動的手
我們依舊可以成為
保持一定距離的
好朋友

2014.08.10

小孩和小狗　之一

小孩和小狗玩躲貓貓

小孩躲入花叢
遇見飛過來的蝴蝶
小孩忙著追蝴蝶

小狗在榕樹下
遇見飛過來的骨頭
小狗忙著追骨頭

小孩使盡吃奶的力氣
也追不到蝴蝶

小狗使盡追辣妹的力氣
也追不到骨頭

最後
小孩撞翻了小狗

小狗撞翻了小孩
小孩哇哇哭
小狗汪汪叫

媽媽趕來
罵了小孩
罵了小狗
一手拉著小孩
一手拉著小狗
一起遛回家

留下一個
紅臉的夕陽

2014.08.10

小孩和小狗　之二

梅花白了
小狗當小孩的教練
教小孩用四腳走路

小孩陪伴小狗
用四腳走路
走過杏花香

荷花偷偷笑開了
小孩當小狗的教練
教小狗用兩腳走路

小孩和小狗
一起走過村頭村尾的蟬鳴

楓葉紅透半邊天
小狗偶爾用兩腳走路
小孩偶爾用四腳走路

在秋收的果園
小狗撒小水柱澆花
小孩撒大噴泉澆樹

吃過了冬至甜湯圓
小孩把小狗的身高
畫在樹幹
比賽小狗和果樹
明天誰長高

2014.08.11

郵筒

我們是紅男綠女
站在街頭巷尾

全年無休
不管風　不管雨
日日夜夜恭候您

我們極端偏食
只吃郵件
請勿餵垃圾
包括垃圾郵件

性急的紅男吃急件
溫吞的綠女吃平信
請勿餵錯糧食
糧荒日益嚴重的今日
家書情書類更是匱乏

不像大人物
一心想鑽入歷史
我們是小人物
但願裝飾街頭風景

2014.08.12

狗

權力的繩索
套在我的脖子
伸縮自如

十步之內是你容許的極限
以你為圓心
十步半徑
是我享有的自由範圍
這樣的自由
讓我感到非常不自由

你說你擁有我的權利
我享有你賦予的福利
我在容許的自由範圍內享有
不被飛棍追打
有吃有住的幸福

我不得不承認
這是好狗運

但我不是狗

2014.08.12

相遇

遊樂場的沙坑
是一塊專吸幼童的磁鐵

滿坑的幼童
忙著提水澆沙
孩子正在揮汗蓋城堡
有陌生的孩子過來幫忙
深挖護城河

遊樂場上
孩子和孩子相遇
像天空的兩朵雲
被風吹到了一塊
結伴共遊一段旅程

夢想城堡完工
孩子認真對幫手說：

「再見！我下禮拜再來，
　　我們再見喔！」

明天的雲會遇見
今天的雲嗎

2014.08.13

銅像　之一

連回頭的能力都沒有
銅像站在
人為墊高的基座上
睥睨天下

咀嚼了
數十年的歷史
如今
吐不出一絲記憶的殘渣

目中無人的銅像
迷失在時空錯亂的路口
發呆了多少歲月

站在歷史的轉捩點
銅像是
找不到路的失智老人

2014.08.14

銅像　之二

硬
和木乃伊比賽
誰更不朽

銅像與木乃伊
一個躺平
一個還硬撐

一個具有軟實力
　　　　在博物館占有
　　　　一席之地

一個還　在歷史上
　　　　找不到定位

2014.08.20

捷運車上

有點老又不太老的人
上車
只賸博愛座
不知該不該坐

肚子有些大又不太大的女人
上車
有人讓座
不知該不該坐

普通座上大家排排坐
有的真睡　有的假寐
有的裝瞎　有的真瞎

每一站
都會來一陣風
吹落一批

也吹進一批
臨時演員兼臨時觀眾

在這個小劇場
我多麼希望自己
站成一棵常青植物

伸出柔韌的手勾纏吊環
風來風去也不搖擺
挺起青春的脊梁
我是永遠讓出空位的一方

2014.08.16

印章

安詳
躺在小小棺木裡

姓名刻在顏面
在無常歲月
時時復活

憑臉色為主人
擔保人間事

2014.08.17

狐味

遇熱則發
狐
用體味宣示
她存在

靈敏如小狗
鼻尖獨寵
這一味

臭
或者奇香
狐
魅惑你
一整夏

當狐躲藏起來
冬眠
你可還記得盛夏

打花傘的
　細肩帶的
　高跟鞋的
滿街遊走善變的狐
爭發的體味
大合唱

2014.08.17

月

怕月
染指
明鏡湖

夜
在湖面
烙下
一顆銀色圓印
宣示主權

2014.08.19

政客

嘴
硬過七月半鴨

腿
軟過軟腳蝦

眼
明過鎂光燈

手
快過神偷

死
要面子

他說好話
你不必太感動
那不過是他例行性的
口舌運動

他做好事
你不必太激動
牆頭草終究
倒向自己的好

占在權力的核心
他不做事
人民安心
他一做事
人民開始惡夢連連

尚未蓋棺
就猴急地自我定論一個
令萬民錯愕的
歷史定位

2014.08.21

落葉33首

1

神的傑作
從樹梢下架

換成我
躺在地面
對來來往往的過客
頻頻行注目禮

能不能容我
通體舒展
在你掌上

當你虔誠如
一神教的信徒
閱讀
我的每一個細節

每一處關節
我就為你重新綻放一次
　　　　　我的青春

2

姑娘
妳是我的愛麗絲
　　我的奇遇

請把我揀回去
藏在青春的日記裡
不是流光的裝飾

我渴望成為妳的現代史

要不
請用妳的鞋為我
送行

3

葉子的黃金時代
短過少女的迷你裙

有時候　蝴蝶飄成落葉
有時候　落葉偽裝蝴蝶
有時候　落葉蝴蝶捉對
　　　　　　　跳恰恰

看花了秋天的眼睛

蝴蝶夢
短過
葉子的黃金時代

4

咬住
秋天的尾巴

秋天還是不肯
回頭

葉子煉成
金幣
跟風交易一趟
冬之旅

5

山頭秋葉落到
你冬天寄來的

風
景　明信片

樹上只賸
一
葉
堅持

坐大位

6

樹
垂掛兩葉
耳朵

只聽不說
風聲

兩葉黃蝶
在空曠的枝條
摔角

7

樹
托住一張
嘴

獨嚐
秋深的滋味

孤葉
難眠
孤月來相伴

8

秋天
用完今年的信紙

光頭樹
預備來年春天量產

大地
忙著翻閱
送錯地址的情書

9

掃過一陣
樹葉
的大搬風

樹的枯手
欣喜
抱著一個
鳥巢
過冬

10

釋放樹葉
　　就像
釋放小鳥

給自由
裝上翅膀
滿天飛翔

.

11

躁動的
都已遠走

你還在
樹的指尖

禪
定

12

逃避秋風的
染指

樹指
彈

起一葉

蛾

撲燈火

13

風追著落葉跑
黑貓踩著風跑
秋天快要追不到

風追著　　落葉跑
黑貓踩著　　風跑
秋天　　快要追不到

風追著落葉　　跑
黑貓踩著風　　跑
秋天快要　　追不到

14

秋陽烘烤兩面
金黃　微香

葉
落　到老灶的口中
痛快發出一生唯一一次
孟克的吶喊

2014.08.23

15

秋天的葉
學習
春天的花

色誘
秋風的手摘取

轉送
有品味的你

甩掉最後一葉
丁字褲
樹
化成
一尾活龍

16

秋天的邀請函
要發到第幾張
高貴的冬天才會
披著雪衣來

樹
緊緊護住
三點不露

三片樹葉
為冬天
熱情倒數

2014.08.26

17

脫掉手套
現出
金剛蓮花印

稍早
一陣烈風

打坐的樹
氣動不已

原來
樹也渴求靜心

現在
他是一個
無風無愛憎的
靜物

2014.08.30

18

在樹木
脫殼的季節裡

三片葉子
仍舊占據枝頭
三張木椅

三張木椅的主人
分別是
枯寂　枯寂　枯寂

枯寂是這一季
的主旋律
還是
小插曲

2014.09.04

19

日日觀摩
並展翼
練習

直到有一天
終於蛻變
成蝶

在大自然的節奏裡
落葉
一再地
一面道別　一面團圓

揮別母體
追隨剛剛離枝的手足
追逐無盡延展的地平線

2014.09.04

20

秋風
就這樣定調了嗎？

那就
讓我低調
　　慢板離開

像花瓣一樣　　飄離
一步一步改變　　季節的容顏

像候鳥一樣　　飛離
一天一天更新　　季節的天空

在無語的飛行中
我們接力　　輕輕
輕輕敲響　　冬季

2014.09.04

21

和平
不過是個
假象

在一片
點頭和搖頭
對質中

在
秋風嚴酷
鞭打中

拔除
一片一片
變色的思想

我走在
一張斑駁的落葉流亡地圖

2014.09.05

22

面對未知的前景
初嚐自由
竟有幾分驚惶的滋味

再嚐自由
已有探險的驚喜

落葉凸顯
清晰的脈絡

意志在內心熾燒
願景在前方導航

鼓起風帆
航向
夢想的遠方

2014.09.07

23

光影
細膩流動
在我內裡
在所有的細節裡

什麼是放手
是誰放誰的手

放手是放到什麼位置
是放在原點
　　　或圓周
　　　或是三角的某一點？

是光的或暗的原點？
是愛的軌道或怨的輪迴？
是等邊或不等邊三角？

手在放開的一瞬
世界忽然像一張
攤開的地圖
所謂天涯
所謂海角
都在眼下

我往哪裡去？
我還看不清楚自己的位置

也還來不及思考
孤島的定義

                         2014.09.07

24

脫離母體
是對大地依戀
還是嚮往風的翅膀？

                         2014.09.08

25

輕盈的　我　飄離
無礙樹被稱為　完整的樹

沈重的　我　墜落
無礙樹被看做　黃金比例的樹

哀愁的　我　凋零
無礙樹被奉為　完整的樹

無常的　我　萎落
無礙樹被尊為　永恆的樹

鳥聲凋謝於黃昏樹林
獸足留痕於淺香山體

我渴望墜入　你心的深谷
以換得一聲　回音

2014.11.09

26

嫩葉
穿著一式綠色制服

一棵樹
是一所寄宿學校

成熟的樹葉
學會了
放手的功課

黃色
是樹葉的
畢業證書

落葉
曾是枝幹的
所有權狀

2014.12.10

27

在絕美的時刻
如櫻花
獻身大地

在最想念的季節
向日漸荒蕪的天空
飄成不歸鳥的
落羽

樹
是　等待長出新臉皮的
傘

樹
是　飛不出地面的
鳥

我
是　漫步秋風的
樹

2014.12.11

28

樹木
是大地的骨中骨肉中肉

樹葉
是樹的骨中骨肉中肉嗎

有一種樹葉
既愛樹又愛大地
在落與不落之間
會不會太兩難

有一種樹葉
既不愛樹又不愛大地
這樣的一生
會不會不圓滿

有一種樹葉
只愛在樹的掌上不愛在大地的胸膛取暖
這樣的一生
會不會有遺憾

有一種樹葉
不喜木香只愛泥土的芬芳
這樣的一生
會不會太糾纏

一生的距離
從枝頭到樹根

每一陣風吹來
都鼓動樹葉跳舞
但願那是
充滿判斷的接觸即興舞

樹葉有權選擇
要做樹木的骨中之骨
或做大地的肉中之肉

2014.12.20

29

當樹葉比樹枝稀少
是樹木的感恩節
感恩曾經擁抱百花千葉

時間承諾枯木
把落葉一葉一葉長回去

樹木承諾大地
繼續捐輸骨血

大地承諾時間
像蛋白保衛蛋黃
永遠守護樹木

2014.12.23

30

你在秋天的邊境
赤足遛狗
慢活

風在楓的胴體採集
紅色掌印
快活

　　　　　　　　　　　2014.12.25

31

因為
你是一片落葉
我也是一片落葉
你我在此相遇

你我在此相遇
成為一雙桃花眼
一對順風耳
或竊竊私語的雙唇

一棵純情野菊費心
解讀唇語

風是改寫
落葉命運的無影手

2014.12.27

32

花瓣凋謝
葉猶在

黃葉凋謝
秋猶在

深秋凋謝
枝幹猶在

冰封雪藏
愛恆在

我是饑渴的
草食性動物

鄉愁在千枝萬條
爆芽

2014.12.31

33

脫光衣物後
你還分得清
這一棵是誰的樹
那一棵是誰的樹嗎

脫掉衣物後
才開始想念衣物

如果
這是一個不曾有過禁果的伊甸園
你還要不要衣物

如果你還要衣物
你要哪一套
你有選擇權嗎

我租了一個房間
房間是我的一種衣物

2015.01.14

甘藷

用愛的姿勢
把莖萦入沃土
繁衍
甘甜的家族

甘藷是甘藷的孩子
甘藷是土地的孩子
甘藷不屬於賊頭賊腦的鼠輩

偏偏有人來此一遊
撒下一泡尿液後
竟永久統治這一整塊
甘藷的版圖

2014.08.27

地瓜

地和瓜
結成
命運共同體

放低身段
不是罹患軟骨症

趴在地面
不是在拜神

張開綠色蓬蓬裙
不是在賣弄風騷

除了感應胎動
更在掩飾凸起的肚皮

這不是什麼了不起的騙術
這只是母親捍衛孩子的本能

，

烤地瓜的人不要來
瓜分地和瓜
愛的結晶

2014.08.27

鳳凰
──致梵谷

乾柴愛上烈火
誕生
一隻火鳳凰

絲柏愛上太陽
誕生
一隻綠鳳凰

火鳳凰不知去向

綠鳳凰重生
在梵谷的星空

2014.08.30

麥克風

一陣風
吹進廣場
千千萬萬隻耳朵

每一陣風
都盛開語言的浪花

暴衝的　斷腸的
歇斯底里的　不知所云的
都是別人的聲音

獅吼　狗吠
吹牛　馬屁　鶯啼
統統不是我的聲音

沒人聽過　也沒有人問過
我的聲音

我真正的聲音　擱淺
在我心底

一生都在　壯人聲勢
我不是聲音的主人
我是聲音的奴隸

2014.08.30

西北雨

臉孔遭抹黑
天神
咆哮一陣

之後
開始全面
圍獵嫌犯

在一望無際
　一無遮蔽的曠野
像小丑　我
舉傘為盾
對抗
滿天疾射而來的
　　　　箭

2014.09.02

樹和人

帳
單
繁殖
如忍不住的春葉

鈔
票
飛逝
如秋天
禁錮不住的落葉

人
日日走
細細的生活鋼索
左手鈔票　右手帳單
一邊開花　一邊萎落

立於
天地之間
等待
風來彈奏
四季的弦音
樹
一邊萎落　一邊開花

2014.09.03

秋

秋天是一個豐收的季節
寫意的風吹過樹梢
綠波濤中　躍出
一尾黃色魚

秋天是一個風騷的季節
微涼的風襲過髮梢
黑森林中　越界
一枝白芒花

2014.09.09

故事

不再拿畫筆的你
幼稚園畫的未來車
並未載著你和那時的夢想
奔向未來

不再拿指揮棒的你
曾經把小澤征爾的手畫得
比神還大
那時你日日跑到貝多芬的田園
種下一串一串音符

不再痴迷文武場的你
小學三年級拼接的歌仔戲服
並未裝扮你
走進國家戲劇院

不再寫詩的你
小學五年級寫的詩篇

未能集結成為你人生
詩的紀念冊

還有　再也穿不下你的現在
的小學制服以及
武林奇俠班服

還有　已經長成高中生
失聯的幼稚園同學

畫家的你　指揮家的你
京劇的你　詩人的你
…………

無數個
用望遠鏡也望不到
童年的你
像貓頭鷹鑽石的眼睛

閃爍
童話的夜空

你
童年的遺物
占據
現在的時間空間

2014.09.11

玉蘭花

原以為
玉蘭花是道地的女人香

五十年前
玉蘭花開在祖母的髮髻
玉蘭花成為黑白花園裡
視覺的焦點

十年前
女子在詩的花園裡
栽種了玉蘭花樹一對
等待花開滿樹的一天

此刻
男子神秘的雙掌間
正緩緩緩緩開放
玉蘭花的幽香

一棵玉蘭花的男人樹
是一支插在女人版圖
愛的旗幟

2014.09.24

木棉花開了

木棉在台北
是一些小小的部落
群聚在特定的街頭

春季走過
半樹花在枝條擁護春光
半樹花橫陳地面靜觀
的木棉花道

臉上襲來春風的微寒
心中藏有春陽的溫暖

木棉花
不解雪花的輕柔
不模仿浮雲的飄逸
是個性十足
自信的相撲選手

從不春眠的木棉
有時冷不防
直撲
還在留戀冬眠
半醒半睡的路人

2014.09.28

編劇

我毀了不該毀的好人
殺了不該殺的人生
所有觀眾恨我入骨

這都是由於編劇的那枝筆

我在黑白的人生
塗抹彩色臉譜
說不該說的話
摔在不該摔的天空
所有觀眾笑到流淚
我在觀眾的笑裡痛到流血

這都是由於編劇的那隻手

故事的結局
男主角對我說：對不起，我來晚了！
我說：沒關係！你終究還是來了……

涙，悄悄流淌自觀眾的眼
涙，悄悄流淌自我的眼
涙，悄悄流淌自蠟炬的眼

這一切都是由於神。
涙，悄悄流淌自神的心⋯⋯

2014.10.24

毒

毒油超級毒　我們超級痛恨它
製毒的人更毒　我們全力抵制他
但有毒的思想　我們如何抵抗她

良藥苦口
但有毒的思想不苦
她有蜜的甜　情人果的酸

她暗地裡發散奇異的光
她迷醉你
要你想她、愛她、上癮她
　　　　為她著書立說　歌頌她
　　　　為她四處演說　高舉她

有毒的種子埋在心田抽芽長葉
　　　　　　　開花又結實累累

一人染毒　全家中毒
毒素橫向擴散　波及全球
一人染毒　代代中毒
毒素縱向延續　波及世世代代

儼然神像
有毒的思想家
我們如何抵抗她

不迷信神像
先長出不膜拜神像的思想

2014.11.01

小天使

鹹味的淚　甜味的笑
在你臉上交織
印象派的太陽雨

就是這樣的你
讓我樂於陪你
走你人生的第一哩路

不是我引著你走
我慣行的路徑

是你帶領我
走向全新的蟲魚鳥獸
迎向陌生的人群

於是
你人生的最初風景有我
我人生的中途風景有了你

我放緩我匆促的腳步
等待
你用小小的腳印來導引我

或許有一天
換成你放緩你匆促的腳步
等著我

2014.11.12

笠

笠，在祖父頭上
笠，在父親頭上

不是高高在上
也不是搶風光

農夫怎樣為全家擋日遮雨
笠就怎樣為農夫擋日遮雨

蝴蝶眼中的花朵
我眼中的流動小屋頂

笠，當然不是皇冠
你若說她是農人的桂冠
她必定害羞得像農婦
雖然
她的確是

2014.11.13

面具

彩粧的　面具
再也遮掩不住歲月橫行
的足跡

換一張整型的　面具
讓青春在五官復活
年輪的祕密隱藏軀體

人人搶換明星臉
名醫不停為信眾開光
換一張臉如換一張名片
換一張臉如換一張遮羞布

而我僅僅擁有一張
無法回春的臉
袒然面對天地
五官是自然美展演的舞台

我這張忠實於上帝的臉
考驗
你對我的
愛

2014.11.25

我有兩隻貓

我同時擁有兩隻貓

自由的意志
是
無形的繩索

黑貓愛往山上爬
白貓愛往海邊跑

不耐煩等待的貓
在我打盹時
同時深情歌舞

黑貓要我用鼓棒
白貓要我用琴弦
伴奏

唉
我的愛
無助於我同時擁有
黑貓和白貓

2014.11.30

靈犀

在風的長短句裡
海
有時水鏡有時深淵

在海起伏不定的情緒中
風
有時貓有時豹

海用生命呼喚
風就打開自閉的靈魂
風一浪漫
海就開出激情花

當我成為一陣風
你願是
我的海洋嗎

2014.12.14

密林

小時候
曾捨棄前人走出的熟路
誤入密林

寂靜
敲擊心跳的鼓聲

左無人　右無人
前無古人　後無跟從
但……似乎聽見了
不知響自何方的乾咳

前景的神祕
鼓舞好奇心趨前
恐懼的陰影
卻拚命拉扯後腿

至今
仍不知等在前方的究竟是
吹泡泡的老人或是
噴火的恐龍

在沒有輿圖的人生旅途
我仍然時常誤入密林
仍然時常在好奇與恐懼的角力中
跌倒

密林
老是在遠方

呼喚我

2014.12.14

貓

一隻深愛你的貓
可能以種種方式離棄你
包括她不再愛你
包括

她還愛你
但她更愛另一種食物
包括

過敏
包括
她卸下一切重擔
（她也卸下你了嗎？）

曾經
你們共築語言的居所
彼此重新命名
　　　　確認身分

曾經
你們染同樣的病症
　　咯一樣的詩句

你在語言裡找到了救贖
你在語言裡遭到了流亡

2014.12.18

含笑詩叢01　PG1454

 面具
　　——陳秀珍詩集

作　　者	陳秀珍
責任編輯	林千惠
圖文排版	周妤靜
封面設計	王嵩賀

出版策劃	釀出版
製作發行	秀威資訊科技股份有限公司
	114 台北市內湖區瑞光路76巷65號1樓
	電話：+886-2-2796-3638　傳真：+886-2-2796-1377
	服務信箱：service@showwe.com.tw
	http://www.showwe.com.tw
郵政劃撥	19563868　戶名：秀威資訊科技股份有限公司
展售門市	國家書店【松江門市】
	104 台北市中山區松江路209號1樓
	電話：+886-2-2518-0207　傳真：+886-2-2518-0778
網路訂購	秀威網路書店：http://www.bodbooks.com.tw
	國家網路書店：http://www.govbooks.com.tw
法律顧問	毛國樑　律師
總 經 銷	聯合發行股份有限公司
	231新北市新店區寶橋路235巷6弄6號4F
	電話：+886-2-2917-8022　傳真：+886-2-2915-6275

| 出版日期 | 2016年1月　BOD一版 |
| 定　　價 | 230元 |

國家圖書館出版品預行編目

面具 : 陳秀珍詩集 / 陳秀珍著. -- 一版. -- 臺
  北市 : 釀出版, 2016.01
    面 ；　公分
  BOD版
  ISBN 978-986-445-075-6(平裝)

851.486   104024950

讀者回函卡

感謝您購買本書，為提升服務品質，請填妥以下資料，將讀者回函卡直接寄回或傳真本公司，收到您的寶貴意見後，我們會收藏記錄及檢討，謝謝！如您需要了解本公司最新出版書目、購書優惠或企劃活動，歡迎您上網查詢或下載相關資料：http:// www.showwe.com.tw

您購買的書名：＿＿＿＿＿＿＿＿＿＿＿＿＿＿＿＿＿＿＿＿＿＿

出生日期：＿＿＿＿＿年＿＿＿＿＿月＿＿＿＿＿日

學歷：□高中 (含) 以下　　□大專　　□研究所 (含) 以上

職業：□製造業　□金融業　□資訊業　□軍警　□傳播業　□自由業
　　　□服務業　□公務員　□教職　　□學生　□家管　□其它＿＿＿＿

購書地點：□網路書店　□實體書店　□書展　□郵購　□贈閱　□其他

您從何得知本書的消息？

　　□網路書店　□實體書店　□網路搜尋　□電子報　□書訊　□雜誌
　　□傳播媒體　□親友推薦　□網站推薦　□部落格　□其他＿＿＿＿＿＿

您對本書的評價：(請填代號　1.非常滿意　2.滿意　3.尚可　4.再改進)

　　封面設計＿＿＿　版面編排＿＿＿　內容＿＿＿　文／譯筆＿＿＿　價格＿＿＿

讀完書後您覺得：

　　□很有收穫　□有收穫　□收穫不多　□沒收穫

對我們的建議：＿＿＿＿＿＿＿＿＿＿＿＿＿＿＿＿＿＿＿＿＿＿

＿＿＿＿＿＿＿＿＿＿＿＿＿＿＿＿＿＿＿＿＿＿＿＿＿＿＿＿＿＿

＿＿＿＿＿＿＿＿＿＿＿＿＿＿＿＿＿＿＿＿＿＿＿＿＿＿＿＿＿＿

＿＿＿＿＿＿＿＿＿＿＿＿＿＿＿＿＿＿＿＿＿＿＿＿＿＿＿＿＿＿

11466
台北市內湖區瑞光路 76 巷 65 號 1 樓
秀威資訊科技股份有限公司　　　收
BOD 數位出版事業部

....

（請沿線對折寄回，謝謝！）

姓　　名：＿＿＿＿＿＿＿＿＿　年齡：＿＿＿＿　性別：□女　□男

郵遞區號：□□□□□

地　　址：＿＿＿＿＿＿＿＿＿＿＿＿＿＿＿＿＿＿＿＿＿＿

聯絡電話：(日)＿＿＿＿＿＿＿＿＿　(夜)＿＿＿＿＿＿＿＿＿

E-mail：＿＿＿＿＿＿＿＿＿＿＿＿＿＿＿＿＿＿＿＿＿＿